幸运豆荚的奇幻旅行

〔法〕夏尔·诺迪埃 著 〔英〕克劳德·洛瓦特·弗雷泽 绘

王梅 译

人民文学出版社
PEOPLE'S LITERATURE PUBLISHING HOUSE

图书在版编目（CIP）数据

幸运豆荚的奇幻旅行 / (法) 夏尔・诺迪埃著；
(英) 克劳德・洛瓦特・弗雷泽绘；王梅译. -- 北京：
人民文学出版社, 2023
（大作家小童书）
ISBN 978-7-02-018180-3

Ⅰ.①幸… Ⅱ.①夏… ②克… ③王… Ⅲ.①童话－
作品集－法国－近代 Ⅳ.①I565.88

中国国家版本馆CIP数据核字(2023)第149650号

责任编辑　朱卫净　王雪纯
装帧设计　李苗苗

出版发行　人民文学出版社
社　　址　北京市朝内大街166号
邮政编码　100705

印　　制　山东新华印务有限公司
经　　销　全国新华书店等

字　　数　26千字
开　　本　890毫米×1240毫米　32开
印　　张　2
版　　次　2023年9月北京第1版
印　　次　2023年9月第1次印刷
书　　号　978-7-02-018180-3
定　　价　35.00元

幸运豆荚的
奇幻旅行

从前，有一对夫妇，他们又老又穷，而且没有孩子。这对他们来说可是个大问题，因为可以预见：过不了几年，他们就会老得种不动豆子然后拿到市场上去卖了。

一天，他们正在自家的地里除草（这块地和地里的一座小房子就是他们拥有的全部——我但愿自己也拥有那么多）——让我们继续这个故事，就在他们除草的时候，老婆婆发现在一个杂草茂密的角落里，有一小束草被仔细地捆扎起来。她在里面发现了一个可爱的小男婴，看上去只有八九个月的样子，但智商已经有两岁小孩那

么高——他已经断奶了，吃起煮豆子来已不是狼吞虎咽，而是从容可爱地把它们放进嘴巴里。

听到老婆婆惊讶的叫声，老头儿赶紧从地头跑过来，当他也看到这个上天赐予他们的美丽天使时，老夫妇俩相互拥抱，喜极而泣。生怕露珠伤到这个宝贝，他们立刻带他回到自己的小房子里。他们依偎在壁炉旁，看着小家伙向他们伸出双臂，迷人地欢笑着，并且喊着："爸爸！妈妈！"好像他从来不知道还有别的爸爸妈妈似的，这一切对他们来说都是一种全新的喜悦。

老头儿把宝贝抱在膝盖上，用那种“淑女在公园里骑马”的方式轻轻地上下颠动他，发出各种滑稽有趣的声音去逗笑他，小婴儿则天真无邪地呀呀回应着，这样愉快的交流看上去还真是其乐融融呢！

这时，老婆婆用干豆荚的火点亮了屋子，这让新来的小家伙高兴得扭动着身子，然后又享用了放了一勺蜂蜜的美味豆乳。老婆婆随后给他穿上舒服的白色睡衣，让他睡在房间里最好的豆糠床上——可怜的老夫妇，他们可不知道什么羽毛床鸭绒被。小婴儿很快就睡着了。

“有件事让我觉得很为难，”老头儿对老婆婆说，“那就是应该怎么称呼这个可爱的小家伙呢，我们既不知道他的父母是谁，也不知道他从哪里来。”

“我们必须称他‘幸运豆荚’，”老婆婆说，她虽然只是一个普通的农妇，却很机智，“因为他是从我们的豆地里来到了我们身边的。这对我们来说是慰藉晚年生活的最大好运。”

“没有比这更好的名字了。”老头儿赞同道。

如果要详细讲述接下来的几天甚至几年里发生的事情，那这个故事就长得没法讲了，你只要知道这些就够了：老夫妇俩越来越老，而与此同时，幸运豆荚却长得越来越强壮、越来越帅气。不过，他的强壮并不体现在身高

上，在十二岁那年，他也才两个半英尺高，而体现在当他在豆地里干活的时候——他很喜欢这个活儿，你在路上几乎望不见他。但是，他的小身体是那样匀称，他的外表和举止是那样迷人，他的讲话方式又是那样温柔而坚定——天蓝色的罩衫、红色的腰带和华丽的羽毛蚕豆花饰边的节日礼帽，都让他显得华美而时髦，人们惊奇地打量着他，很多人相信他一定是精灵或者仙子。

我承认，许多事情都在证实着这种想法。首先是豆地和小房子。那块豆地，几年以前连牛在那里都找不到什么吃的——现在却变成那个村子里出产最好的地块；

没有人能够说清楚这是怎么做到的。是的，你看到豆苗抽芽、开花，看到花落，看到豆荚胀大成熟，这些都没有什么出奇之处——但是，在没有增加哪怕一寸土地，更没有从邻居那里购买或者骗取的情况下，眼看着这块地在不断扩展变大，这就有点不可思议了。

这块土地在继续生长变大，它向着南边扩展，向着北边扩展，迎着黎明扩展，迎着落日扩展……邻居们徒劳地丈量着自家的田地，却总是发现它们的尺寸足足甚至还盈余几分，于是他们很自然地得出结论：那是整个乡村在渐渐变大。

同样，豆子的丰收也带来了很大的压力，因为如果这个小房子不随之一起变大的话，就装不下那么多的农作物了。与此同时，方圆五里格内豆子却都没什么收成，因为国王和贵族们的餐桌对豆类的大量需求，使得豆子变得身价昂贵。

所有庞杂的事务，幸运豆荚样样都亲自动手：翻土、播种、浇水、除草、挖掘、锄地、收割、脱粒，此外还要修剪树枝、修理篱笆。剩下的时间他还要忙着和市场上的人做交易。他尽管没有上过一天学，但能写、能读、能算，他真的是一个非常幸运的男孩。

一天晚上，幸运豆荚睡着了。老头儿对老婆婆说："现在有了幸运豆荚，他为我们做了那么多，让我们所剩不多的晚年可以过得安宁舒适，不用受劳作之苦。而他能从我们这里继承的，只有那些本来就属于他的东西。如果我们不试着给他一个比豆类商人更好的未来，那我们真的就是无所作为的父母了。真可惜，大学里的教授职位对他来说，他因太羞怯了无法胜任；让他当一个将军的话，他又可能有点儿矮。”

“真遗憾，”老婆婆说，“他没有受到足够的教育，连五六种疾病的拉丁名字都不能指出，不然他们会立刻让他成为医生的。”

“还有律师，”老头儿继续说道，“恐怕他也没有足够的智慧和判断力去辨明是非。”

“我一直有一个幻想，”老婆婆说，“就是等他成年后，可以和豌豆公主结婚。”

“豌豆公主，”老头儿摇摇头说，“一个公主嫁给一个除了只有一块豆地、一座小房子一文不名的穷小子，这太不可能了。老伴，豌豆公主是要嫁给乡绅或者法官，甚至是国王本人的——如果国王死了王后。我们是在讨论一件很严肃的事情，你还是说正经的吧。”

“幸运豆荚比我们俩都要有主见，”老婆婆想了一会儿说，“再说，这是他的事情，不征求他的意见再讨论下去也不合适。”

于是，这对老夫妇翻个身，睡觉了。

一天，天刚破晓，正当幸运豆荚跳下床准备像往常那样去地里干活的时候，他惊讶地发现，自己的节日盛装被放在了箱子上——在睡觉时他是放了别的衣服在那箱子上面的。“今天是工作日，”他自言自语道，“不过，如果日历没错的话，那一定是妈妈为了庆祝她自己的节日，才把我最好的衣服拿出来。嗯，一切就按照她希望的那样来吧。她那么大年纪了，我不想在任何事情上忤逆她。再说，早起那么一两个小时来装扮一下也不是什么麻烦事儿。”

于是，他祈祷父母健康和豆子丰收后，把自己打扮得帅帅的。他正准备出门，并在老夫妇俩醒来之前看一眼篱笆，这时，他妈妈端着一碗热气腾腾的粥出现在门口，并把粥和木勺一起放到他的小餐桌上。

“吃了它，吃了它，”老婆婆说，“这粥里放了蜂蜜和绿茴香籽，是你小时候最爱吃的，不要舍不得吃，年轻人，你还要赶路呢，今天你要走的可是一条很长很长的路呢。”

“好的，”幸运豆荚说着，吃惊地望着她，“您要送我去哪里？”

“走向世界，走向外面广阔的世界。为了维持这个家，现在除了我们，除了市场上你买豆子的客户，你不认识任何人。如果豆子的价格持续上涨，有一天，总有一天，你会成为一个大人物，所以，亲爱的，认识一些上层的人对你有帮助。我告诉你，离我们这里四五英里远的地方有一座大城市，在那里，你每走一步都能遇见穿金戴

银的绅士和淑女。你有漂亮的小脸蛋，还那么愉快、那么可爱，一定会征服他们的。如果一天结束，你还没有在法院或者公众机构中获得重要职位——那里做得少赚得多，那就是我判断失误了。所以，赶快吃完它，不要舍不得这碗放了蜂蜜和绿茴香籽的香喷喷的好粥了。”

“你也知道，现在豆子可比现金还要值钱，”老婆婆继续说，“我为你准备了六夸脱的精选豆子——没有给你更多是怕你负担太重，你可以在市场上卖掉它。因为众所周知豆子昂贵，所以即使他们付给你的全部是金子，你也很难把它们带回家。我和你爸爸建议，你把卖豆子的钱一半用来自己花掉，譬如说给自己买个节日里佩戴的漂亮饰品，像镶着红宝石和翡翠的银表、象牙杯子和球之类的，或者买个会嗡嗡作响的纽伯格陀螺，剩

下的钱你可以存进银行里。”

“所以，出发吧，我的小幸运豆荚，既然你已经喝完了粥。记得千万不要在路上追逐蝴蝶耽误时间，如果夜幕降临你还没有到家，我们会心碎而死的。还有，要一直走在大路上，免得遇到狼。”

“我会按照您的吩咐去做的，妈妈，”幸运豆荚回答道，并紧紧地拥抱了她，“虽然对于我来说，我宁愿在地里干活度过这一天。至于狼，我有除草锄在手，不用担心。”

他边说边把尖头锄插进腰带，迈着不紧不慢的步伐出发了。

“早点回来！”老婆婆在他身后喊着，她已经有点后悔让他出这趟远门了。

幸运豆荚一边大步流星地往前走，一边左看看、右看看路边那些陌生的事物。他从来没有想到，这个世界会是那么大，并且充满了奇迹。

他根据太阳的高度，估计自己走了差不多有一个多小时了，当他困惑按照自己的速度怎么还没抵达妈妈说的那座大城市时，背后好像有人在喊他：“喔喔喔，请留步，幸运豆荚先生。”

“谁在叫我？”幸运豆荚问道，一边紧紧抓住他的尖头锄。

“请留步，喔喔喔，是我在叫你。”

“这可能吗？”幸运豆荚自问道，他抬起眼睛看见在一棵中空半死的老松树上，站着一只大大的猫头鹰，正在风中摇摆。“我们认识吗？漂亮的大鸟。”

“如果你能记得我，那真是个奇迹，”猫头鹰回答

说，“你不知道，我曾经帮助过你，就像一个诚实谦虚的猫头鹰应该做的那样，我捕食了大群的老鼠，而无论在丰年还是荒年它们都会蚕食掉你收成的一半。这也就是为什么你现在的田产所得可以让你买得起一个漂亮的王国……至于我，却为自己的贡献付出了沉重的代价。在白天，我储藏室的钩子上没有一只哪怕是瘦骨嶙峋的老鼠；在晚上，我的视力衰弱得厉害，以至于我几乎看不清自己要去的地方。所以我才叫住你，慷慨的幸运豆荚先生，请求你将你背着的那些好豆子送一些给我，好让我得以苟延残喘，直至我的大儿子成年，你绝对可以信任他对你的忠诚。”

“怎么会这样？猫头鹰先生，”幸运豆荚叫起来，从他的行李中取了三夸脱豆子中的一夸脱，“这是欠你的人情债，很高兴我可以偿还它。”

猫头鹰冲下来，用嘴和爪子抓住豆子，拍打着翅膀把它运送到树顶。

“哎呀，你急着要走吗，猫头鹰先生？”幸运豆荚说，

“我想问一下，我是不是离我母亲让我去的那个大城市还有很远？”

“你就要到了。”猫头鹰回答道，一边飞到另一棵树上。

背着变轻了的行李，幸运豆荚继续赶路。他确信自己很快就将抵达路途的终点。但是走了还没有一百步远，他就听到另一个声音在叫他：“咩咩咩，请留步，幸运豆荚先生！”

“我想我记得这个声音，”幸运豆荚说，转过身来，“啊，是的，是那头厚颜无耻的母山羚羊，总是带着她的孩子们巡行在我的田地周围，就为了一口美味点心。那就是你，对吗？偷食夫人。”

“关于偷吃是这么回事，公正的幸运豆荚先生。我想你的树篱那么厚，壕沟那么深，栅栏那么密，我们也只能从伸出缝隙的枝条上掐几片叶子吃吃而已。而正是我们的修剪才使得那些茎秆茁壮成长。你应该知道那句老话：绵羊的牙齿，损失和麻烦；山羊的牙齿，双倍偿还。”

“别再说了，”幸运豆荚打断她，“愿所有我对你的诅咒都报应在我自己身上。但你为什么叫住我，我又能为你做点什么呢，温柔的女士？”

“我可真不幸啊，”她哭诉着，眼泪大颗大颗落下，“咩咩咩，我告诉你，那只邪恶的狼咬死了我的丈夫，公山羚羊。现在我们孤儿寡母忍饥挨饿，因为他再也不能供养我们了。如果你不帮助我们的话，我可怜的孩子恐怕要饿死了。所以我才叫住你，尊敬的幸运豆荚先生，请求你从背着的好豆子中给我们一点点，让我们可以暂且活下去，直到亲戚们来伸出援手。”

“山羚羊女士，遵照你的要求，”幸运豆荚边说边从自己的行李中取出两夸脱豆子中的一夸脱，“这是一点心意，表达同情和祝福，我很高兴能为你做这些。”

母山羚羊把豆子衔在嘴唇中间，一下就跳进了浓密的灌木丛里。

“哎呀，你急着要走吗？亲爱的女士，”幸运豆荚叫起来，“请问，我是不是离我母亲让我去的那座大城市还有很远？”

“你已经到那里了。”母山羚羊边回答边消失在深深的灌木丛中。

幸运豆荚再次踏上旅途，少了两夸脱豆子，他的行李变得更轻了。他正四处张望寻找那座大城市的城墙时，注意到森林边缘的树木在沙沙作响，有什么东西在紧紧跟着他。他迅速转向那个声音，并把尖头锄牢牢握在手里……原来跟踪者是一头冷酷的老狼，他的样子看起来很不友善。

“原来是你，邪恶的野兽，”幸运豆荚大声喝道，“你希望给我一个荣誉之夜。幸运的是，我的两个铁齿，”他看了眼手中的尖头锄，“可以对付你，当然我也不会轻敌。所以，老朋友，这就是解决之道，你今晚的晚餐不会是我。如果我不为失去丈夫的母山羚羊和失去父亲的小羊们复仇——正是你的残忍让他们陷入悲惨境地，那你是幸运的。或许我还是应当为他们申冤，那才是正义的。但我从小到大讨厌鲜血，哪怕是一头狼的。”

那头狼一直谦卑地聆听着。听到这里，他突然发出一声长长的悲愤的嘶吼，并抬起眼睛望向天空，仿佛在呼唤上天为它作证。

“嗷，上天给了我一张狼皮，”他哭诉道，“但其实我内心很少有邪恶的念头。然而不管怎样，大人，”他补充说，并顺从地向幸运豆荚鞠了个躬，“由您来处置我这悲惨的生命，我无惧无悔地将自己交给仁慈的您。如果您认为我应该为整个狼族所犯下的罪行赎罪，应当被处死的话，我心甘情愿死在您手里。自从我怀着纯粹的喜悦抚摸着摇篮中的您——当您母亲不在的时候，我就深深地爱着您，真正地尊重您。现在，您长得这样英俊，这样高贵，任何人看到您，都会想到您将成为一个宽宏、伟大的王子。但在您宣判之前，我只请求您相信，母山羚羊伴侣的不幸与我无关。”

“克制与适度向来是我的生存之道，现在我已经毛色花白，但这么多年来我从未背离过这两个原则。在你提到的他死去的那个时间，我正在散布在外的部落群中宣扬健全的道德教义，希望通过言语和榜样来指引他们过一种节俭朴素的生活——这正是狼族未来的大志。再进一步说，大人，那头山羚羊是我的好友。我赞赏他身上光明的品质，我们常常一起旅行，一路上我会长篇大论教导他，因为他很聪明也很好学。我不在他身边的时候，一场关于优先权的争吵（你知道那些野蛮的家伙对这个话题是多么敏感），是他死亡的真正原因，我到现在也无法释怀。”

狼哭了，哀悼之情仿佛发自心灵深处，就像母山羚羊一样悲痛欲绝。

“不管怎么样，”幸运豆荚说，依然将锄草锄的尖爪张开，“你在跟踪我。”

“跟着您，跟着您，是的，”狼用哄骗的语调说，“我是在找一个更合适的对话时机，希望您对我的慈善计划感兴趣。啊，我对自己说，如果我们名声远扬的幸运豆荚大人愿意共享我的改造方案，那么今天就是一个绝佳的机会。我保证，您行李中一夸脱美味可口的豆子，将使一整个部落的公狼、母狼和小狼们皈依，成为素食主义者，从而挽救无数公羚羊、母羚羊及他们的孩子们。”

“这是我的最后一点豆子了，”幸运豆荚想，“但是，我要那些杯子啊，球啊，红宝石啊，陀螺啊干什么呢？谁会把孩子的玩具放在真正有意义的事情之前呢？”

“豆子给你了。”他把母亲给他玩乐消费的最后一点豆子拿出来，但与此同时他仍然没有把除草锄的齿收起来。“这是我剩下的全部了，”他说，“但是我不后悔。如果你真把它用在你所保证的善良用途上，我对此表示感激，老狼朋友。”

狼用獠牙猛地咬住那一夸脱豆子，迅速跳到他的巢穴里。“哎呀，你急着要走吗？狼先生，”幸运豆荚叫起来，“请问，我是不是离我母亲让我去的那座城市还有很远？”

“你到那儿很久了，”狼回答，从眼角里笑出来，“就是在那里待上一千年，你也看不到什么新鲜的玩意儿。”

于是幸运豆荚又一次踏上旅途，边走边四处寻找着那座城的城墙，但是连它们的影子也没看到。正当他觉得有点累的时候，旁边绿荫小道上传来的尖细哭声把他惊到了，他朝声音传来的方向跑过去。

“怎么了？”他喊道，同时抓紧了手中的锄草锄，“是谁在哭喊求救？说话啊，我看不到你！”

“是我，豌豆公主。”一个低低的、甜蜜的声音回答道。

“哦，请过来把我放出去，幸运豆荚先生。这个愿望很简单，而且不会让你花费什么。”

“请相信我，女士，”幸运豆荚说，“帮助人的时候我从来不考虑和计算价格和花费。我所有的一切都听凭你的处置，除了行李中的那三夸脱豆子，它们不是我的，是我爸爸妈妈的。我的我已经给了令人尊敬的猫头鹰、像隐士那样布道的圣人狼和迷人的山羚羊，现在连一颗豆子也没有剩下，不能给你了。”

“你是在嘲笑我吗？”豌豆公主回应道，有点不高兴，“谁在说什么豆子，先生？我不需要你的豆子，在我的家庭里都没听说过这玩意儿。你需要为我做的就是把我马车的门把手打开，再把车篷推到后面去——它快让我窒息了。”

“我很乐意，女士，”幸运豆荚说，“如果我能发现你的马车的话，可是这里没有马车的痕迹！这么窄的路也没有空间让马车行驶，不过我很快就会找到它，因为我听到你的声音离我很近。”

“什么？”她欢快地笑叫着，“你看不到我的马车？可是你差点就踩到了它——看你这样毫无章法地乱走！它就在你面前，从它精致的外表你可以认出它，有点像一颗矮矮的豌豆。”

“它真像一颗鹰嘴豆，”幸运豆荚俯下身时想，“如果不是靠得很近地看，我会以为它不过是一颗鹰嘴豆。”

他仔细看了一眼之后，发现这确实是一颗巨大的胖豌豆。它像橘子那样圆，像柠檬那样黄，安装在四个小金轮子上，还配备了一个行李箱或者说工具箱——是用小小的亮绿色的摩洛哥豌豆荚做的。

他碰了下门把手，车门应声而开，豌豆公主就像一株含羞草一样跳出来，微笑着亭亭玉立，容姿焕发。

幸运豆荚目瞪口呆地站在那里，他从来都没想到世上会有像豌豆公主这样美丽的人。她的面孔，是一个画家所能想象到的最完美的杰作——一双紫色的闪闪发光的杏仁眼，一张小小的快乐的嘴巴，能看到洁白如玉的牙齿闪闪发亮。她的短裙微微蓬起，织着甜豌豆的花纹，刚好到膝盖以下。她穿着白色的丝绸紧身袜，她那双可爱的小脚——哎，那个为她制作缎鞋的幸运鞋匠真让人嫉妒。

“你在盯着看什么呢？”她问，这表明，幸运豆荚的表情真有点傻乎乎的。

幸运豆荚脸红了，但很快就恢复了平静。“我在好奇，”他审慎地说，“这么美丽的一位公主，跟我差不多高，她是怎样在这么矮的豌豆里容身的？”

“用这样轻慢的语气来谈论我的马车是一个错误，幸运豆荚先生。它打开的时候可是很舒适的。这只是一个很偶然的情况，我的侍卫、施赈官、家庭教师、秘书，还有两三个侍女都不在身边，我喜欢独自驾车出游，这个爱好造就了今天的这场意外。”

“我不知道你有没有遇到过跟我一起的蟋蟀国王，没人会认不出他那闪闪发光的黑色面具，就像小丑一样，上面还有两条直直的可以动的触角，他讲话时就像在尖锐地歌唱。蟋蟀国王屈尊爱上了我。他很清楚我今天刚好成年。这是惯例：我们国家的公主们到十岁时就要为自己挑选一个丈夫，所以，他来到我面前，挡住了我的路——这也是惯例——并用可怕的刺耳叫声包围了我。我对他的答复是——仍然是遵照惯例——捂住了耳朵。”

“啊，太好啦！”幸运豆荚欣喜地叫起来，“你不

打算嫁给蟋蟀国王对吗？”

“我不打算嫁给他，”豌豆公主庄严地宣布，“我已经下定决心，但是还没等我说出决定，可恶的奎克-奎克（这就是他的名字）突然像一头野兽那样扑到我的马车上，砰的一声放下车篷。‘现在就结婚吧，漂亮的丫头，’他尖声叫道，‘如果有人在这样的情境中向你求婚，那就赶紧结婚吧。不管是为你还是为你的王国，我才不在乎一颗鹰嘴豆呢。’”

“请告诉我，”幸运豆荚愤怒地叫了起来，“这蟋蟀国王躲在哪个洞穴里，我要立刻把它挖出来，捆住他扔到你的脚下，让他乞求你的怜悯。不过，”他继续说，并用手支住了头，“我能够理解他的绝望。但是将你护送至你的国土，免于这种追求，难道不也是我的职责吗？”

“如果我离国土边界还很远的话，这样做当然是很可取的，”豌豆公主说，“但是那边就是甜豌豆的领地，我的敌人们不敢靠近，在那里我可以依靠我忠诚的伙伴们。”她边说边使劲跺脚，于是摔倒了，跌到两根摇曳的花枝上，枝条先是被她压弯，接着就又把她轻盈地弹起来，只把芬芳的花朵散落在她的头发上。

幸运豆荚愉悦地凝望着她——我向你保证，我也同样愉悦——她用那双明亮的眼睛“穿透”了他，他在她微笑的迷宫里着了魔，迷了路，因此宁愿为了凝望她而死。至少他还可以和她一起站在那里，虽然什么也不说。

“我已经耽误你太长时间

了，”她说，“我知道现在大豆贸易有多么忙碌紧张，但是我的马车——或者说你的马车——会弥补你损失的时间。请不要伤害我的感情来拒绝这么一件小小的礼物。在我城堡的玉米阁楼里，我有一千辆这样的马车。当我想要一辆新马车的时候，就会从几辆中挑选出一辆，然后把挑剩的扔给老鼠。”

“公主殿下些微的恩惠都将是我一生的荣耀与快乐，”幸运豆荚回答说，“但是你忘了我还有行李。可以想象，无论我的豆子装得多么紧实，我都可以在其中一个袋子里找个地方来放你的马车，但若说把我的行李放进你的马车，那绝对不可能！”

“试试看吧，”豌豆公主一边笑，一边在甜豌豆的枝条间上下摆动，“试试看，不要总是站在那里对一切都大惊小怪，就像一个没见过世面的孩子似的。”确实，幸运豆荚很容易就把

他的三夸脱豆子放进了马车里——它甚至能装下三十夸脱，或者更多，他一边感到很羞愧。

“我要出发了，女士。”他一边说，一边坐在一个丰满柔软的靠垫上，那个靠垫可真大，无论他坐在哪个位置上都舒舒服服地，如果他想的话，就算平躺在上面也没什么问题。

“我答应过我的父母，”他继续说，“不会让他们焦虑牵挂，不会在我离开他们的第一次旅途中发生什么不测。现在我只能等着你的马车夫回来，毫无疑问，他是在蟋蟀国王恐怖爆发时逃跑了，把马和车辕也带走了。然后我就会带着永恒的遗憾离开这里，因为我将再也看不到你了。”但公主好像没有注意到幸运豆荚最后一句话中所流露的感情。

“什么？”她说，“我的马车可不需要车夫、车辕、马什么的，它是由蒸汽驱动，每小时可以轻轻松松跑五万英里。所以你看，无论什么时候只要你方便，它都可以毫不费力地把你送到家。你只要记住我发动它的手势和口令就行了。”

“在车子的工具箱里你会发现很多在旅途中可能会用得上的东西，它们都属于你。你就像打开一个绿色豌豆壳那样打开工具箱，会看到里面有三个小匣子，形状和大小都像一颗豌豆，每个都被一根线固定在它们自己的位置上，就像豌豆待在豆荚里。所以你在旅行时或者移动它们时，千万不能使它们颠倒移位，这是一个奇妙的设计！

“你手指按下去后它们会打开——就像我的车篷一样。接下来你要做的就是用你的锄在地上挖个洞，把它们播撒进去，看到你许下的愿望生长、萌芽、开花，这不是很奇妙吗？

“但要记住这点——当第三个匣子空了之后，我就没别的什么东西给你了。因为我只有三颗绿豌豆，就像你只有三夸脱豆子一样。这个世界上最美丽的女孩就只能给你这么多啦。”

“你现在就要出发了吗？”幸运豆荚鞠了个躬，难过得说不出话来。

豌豆公主弯了弯她的拇指和中指。“出发，鹰嘴豆！”她大喊一声，瞬间马车就把甜豌豆抛在九百英里之外，幸运豆荚转过身子，徒然地回望着豌豆公主。

“唉——”他叹息着。

这辆魔幻马车像一颗射出的子弹一样在空间里飞行。森林、城镇、山脉、大海，像幻灯片那样迅速转换。远方的地平线刚刚从深处升起轮廓就迅速被飞行的马车压到身下，幸运豆荚徒劳地竭力想要看清它们，当他回过头去看时——一闪！它们就不见了。

最终，当他若干次超越太阳，绕着它转了几圈，追上它然后再超过它，伴随着从白天到黑夜和从黑夜到白天的快速变换，幸运豆荚突然意识到：他已经错过了要去的那座大城市和大豆贸易市场。

“这辆马车的按钮实在是有点太活跃了，”他暗自想，“在豌豆公主还没告诉我要把我送到哪里之前，就开始了它让人眼花缭乱的飞跑，我看这次旅途是要一直持续下去，没个终点了。那位可爱的公主，还是太年轻了，不免有点儿鲁莽，她只告诉我怎么启动这辆马车，却没来得及告诉我怎么让它停下来。”

幸运豆荚试着喊了他从四轮马车夫、赶大车的人和马帮那里听来的所有口令，想让马车停下来，但都没有效果。而似乎每一声叫喊都只是让它更加快速狂奔。

它加速从热带奔向两极，又从两极奔向热带，经过了所有的经纬度，全然没有注意到温度的剧烈变化：如果幸运豆荚不是天赋异禀的话，就像我们常说的那样，有着令人钦佩的聪慧，那么，他和马车可以瞬间被烤焦或者变成冰块。

“对了，”他自言自语道，“记得豌豆公主让她的马车飞奔时说了一句：‘出发，鹰嘴豆！’或许我说出跟这个完全相反的指令可以让它停下来。”这个想法很符合逻辑。

“停下！鹰嘴豆！”他大声喊道，同时像豌豆公主那样弯了弯拇指和中指。

有什么学术组织能够对此给出合理的解释吗？那辆精灵马车忽然就停了下来，你没办法把它停得更快，除非它原来就在那里。它甚至都没有晃动一下。

幸运豆荚下了车，拿起小马车，把它放进皮带上挂着的那个装大豆样品的皮包里，在此之前，他把工具箱拿了出来。

马车停住的地方还没有被任何旅行者描述过。布鲁斯说它是尼罗河的源头，米杜维尔认为它在刚果，米塞乐则认为在廷巴克图。这是一片无边的平原，炎热、荒芜，到处是石头，寸草不生。没有一片苔藓可以躺下睡觉，也没有一片树叶可以填饥解渴。但是幸运豆荚一点都不担心，他用指甲打开工具箱，解开豌豆公主告诉他的那三个小匣子中的一个，他打开它就像打开那辆魔幻马车一样，并把里面的东西种进他用锄在地上挖的坑里，“天灵灵，心想事成！”他说，“我今晚很想要一顶帐篷，哪怕只是一串豌豆花；想要一顿简单的晚餐，哪怕只是

一碗甜甜的豌豆汤；想要一张床，哪怕只是一只蜂鸟的羽毛——以及其他更多因为我不能回家所需要的东西，今天我又饿又累，筋疲力尽。”

他的话刚出口，一座豪华的由甜豌豆打造的凉亭就从地上升了起来，并不断长大、伸展。它由十根金色柱子支撑，垂下由豌豆花组成的茂密帷幕；它有无数个弯弯的拱门，每个拱门的中央都悬挂着一盏闪烁水晶光泽的香烛灯；整个拱廊的背景映衬着威尼斯镜子，它反射出的璀璨灯光会使一里格之外的七岁老鹰目眩神迷。从头顶飘下一片豌豆叶刚好落在幸运豆荚的脚边，扩展成一片盛大的比彩虹还要绚烂斑斓的彩色地毯，地毯边缘摆着很多小桌子，上面放着糖果和糕点。镀金的瓷杯里装着冰镇水果，杯子的中间有满满一碗甜豌豆汤，上面撒着黑色的醋栗、绿色的开心果、芫荽籽和菠萝片。在这个华丽的场景中，幸运豆荚很快发现了他的床，正是他希望的蜂鸟羽毛床，它就像一颗莫卧儿帝国皇冠上掉落的珠宝一样，在角落里闪闪发光，虽然它小到一粒谷子就可以覆盖它。

幸运豆荚一开始还觉得这张小床跟凉亭里的豪华布置不相称，但是他盯着它看的时间越长，它就变得越大，直到蜂鸟的羽毛在地板上铺到了齐膝深——一张梦幻般的床榻，黄玉石般柔软，蓝宝石般顺滑，蛋白石般富有弹性，蝴蝶躺上去也会深陷。

“够了，够了！”幸运豆荚叫道，“看样子我会好好地睡一觉。”不用说，我们的旅行者充分享用了为他准备的丰盛宴席，随即准备睡觉。爱意充满了他的心田，但是在十二岁的年纪，爱并不能让人保持清醒。仅有一面之缘的豌豆公主，留给他的只有一个甜美的梦，它的魅力只有在睡梦中才能再次体会。另一个上床睡觉的好理由，你拥有和我一样的回忆。然而，幸运豆荚太谨慎了，不会被这些遐想所俘虏，除非他确信凉亭周围是安全的，因为它的富丽辉煌可能会招来方圆几英里之内的盗贼与流浪汉，在每个国家，都不乏他们的身影。于是，像往常那样，他把除草锄握在手里，走出了“魔法圈”，围着帐篷走了一圈，看到一切都很平静。

他刚走到这块地的边缘——是一条被流水冲蚀出的狭窄峡谷，一个小孩纵身一跳就能跨过去——就打了个冷战，陷入了停顿。因为最勇敢的人也有害怕的时刻，此时支撑他的只有坚定的意志和信仰，这就使他在看到眼前的一切时有所犹豫。

这是一个战场，有两百双定定的饥饿的眼睛在没有

星星的黑暗夜晚闪闪发光，有两只敏锐的斜眼睛不停地扫来扫去，沿着队伍，从左至右，再从右至左，证明这是一个极其警觉的指挥官。幸运豆荚不知道什么拉瓦特、高尔或者施普尔茨海姆，也从没听说过什么颅相学，但他内心能感受到那种自然本能——让所有生物感知远处的敌人的本能。他看了一眼，就认出狼群中的领袖、那个撒谎的懦夫，他用所谓的“教化”和“自控”论调骗走了他最后一夸脱豆子。

“狼大师在跟踪我这件事上可是一点都没浪费时间，”幸运豆荚说，“但是，他们是通过什么魔法追到我的呢？难道这群流氓也乘坐了鹰嘴豆？这很有可能。”

他叹息了一声。“坏蛋们对科学的奥秘也不是一无所知，我也不敢保证，或许正是他们发明了这些，用来说服那些头脑简单的人，使他们轻易地参与到他们可恶的计划中来。”

幸运豆荚行动谨慎，思维敏捷。他急忙从包里掏出工具箱，解开第二个豌豆荚，像第一次那样打开它，并把里面的东西种到除草锄边的地里。

“天灵灵，心想事成！”他说，“今晚我非常需要一堵结实的墙（厚度不用超过一舱壁）和一个紧密的树篱（只要像我家里的篱笆栅栏那样结实就可以），来把我从这群‘狼朋友’的口中救出。”

眨眼工夫墙壁就升起来了，不是舱壁，而是宫殿的城墙；防护栏在前廊迅速扩展，不是篱笆栅栏，而是高大气派的钢筋栏杆，上面有镀金的箭头，别说是狼，就是獾和狐狸不弄个遍体鳞伤也无法通过缝隙。战斗进入到这个阶段，狼们很快就认识到，他们已经无计可施了。几次尝试之后，这些侵略者狼狈地撤退了。

感谢这次解围，幸运豆荚回到他的亭子。现在他走过大理石路面，两边都是亮着灯的柱子，就像是婚礼场所。楼梯一直蜿蜒向上，通过走廊，似乎无穷无尽。他喜出望外地发现自己的豌豆花凉亭位于一个巨大的花园里，花园里花红叶绿，他以前从来没有见到过。他找到了那张蜂鸟羽毛床，睡得比一个国王还要幸福——我一点都没有夸张。第二天，他醒来做的第一件事就是研究探索这栋从一粒小豌豆变成的华丽住宅，那些细节之美让他

充满了惊奇，因为它的布置装饰与它的外观保持了完美的和谐一致。

他一个接一个地仔细查看，他的画廊，他的古董架，他的奖杯、昆虫、贝壳等收藏，他的图书室，每一个都让他感到新鲜和惊喜。

他对于那些书的选择品位尤其欣赏。最好的文学作品和最实用的科学作品汇集在一起，集娱乐与学习于一体——其中有《堂吉诃德历险记》；各种类型的童话故事，配有精美版画；好奇而有趣的旅行航海集锦（诸如《格列佛游记》《鲁滨孙漂流记》等公认的正宗好书）；重要的年鉴，充满有趣的逸事和关于月亮潮汐和耕种时节的可靠信息；无数的论文写得简单明了，关于农业、园艺、垂钓、蹋球和驯养夜莺的艺术——总之，我可以这样说，是一个人学会阅读书籍时所希望的全部。没有被遗漏的学者、哲学家和诗

人，因为这个毋庸置疑的原因——所有的学术、哲学和诗篇都在它们该在的位置上。

正当幸运豆荚这样盘算着自己的财富时，他忽然被房间镜子里自己的样子惊呆了。如果镜子没有欺骗他，那么，从昨天开始，他长高了至少三英尺——真是奇迹中的奇迹。而上唇的棕色胡须则清楚地标志着他已经从精力旺盛的少年时期进入了刚毅的青年时代。

他对这非同寻常的变化大惑不解，两个玻璃樽之间的昂贵闹钟帮他解开了这个谜团，一个指针指向年和日期，毫无疑问，他长大了六岁。“六年！”他惊叫起来，“我是一个多么不幸的人！我可怜的父母可能因为年老和贫困死去，哦，可怜的我，他们可能因为担心失去我

而悲痛死去。在他们最后的弥留之际，肯定认为我抛弃了他们或者我发生了什么不幸。”

“现在我明白了，那可恶的马车为什么跑那么快，几分钟时间就吞没了月月年年。”

“那么，离开吧！出发，鹰嘴豆！”他把那个魔法马车从包里拿出来并扔出窗外，“不要让我再看到你，飞得远远的，到没有人能再看到你的地方！”说实话，就我所知，人们确实再也没有看到过一颗状如马车、时速五十里格的鹰嘴豆。

他走下大理石台阶，比以往走下他豆子阁楼的楼梯时要悲伤得多，他离开了他的宫殿，甚至没有回头看一眼，他穿过荒原，完全没有去想狼群可能在那里安营扎寨围攻他。他如同梦游一般，间或哭泣几声。

“父母都已经死了，我现在还能希望什么呢？”他无精打采地把那个小工具箱拿在手上，“现在，豌豆公主结婚也已经六年了吧？——我遇到她的那天她刚成年，而她们家族是成年后就要结婚的。此外，她已经做出了自己的选择。这个世界到底怎么了？——我原来的世界不过是一座小木屋、一块豆地——而这些，你这颗小绿豌豆，”他解开最后一个小匣子，“再也不能还给我了。甜蜜的童年时光也一去不复返了！”

“去吧，绿豌豆，去上天的旨意让你去的地方。带来注定要来的，为了你女主人的荣耀。一切都结束了——我的父母，小木屋，豆地，豌豆公主。去吧，小绿豌豆，离我远去吧。”

他把它从手中扔了出去，用力是如此之大，似乎是想让它追上魔幻马车。然后，他绝望地跌坐在地上，充满了悲伤。

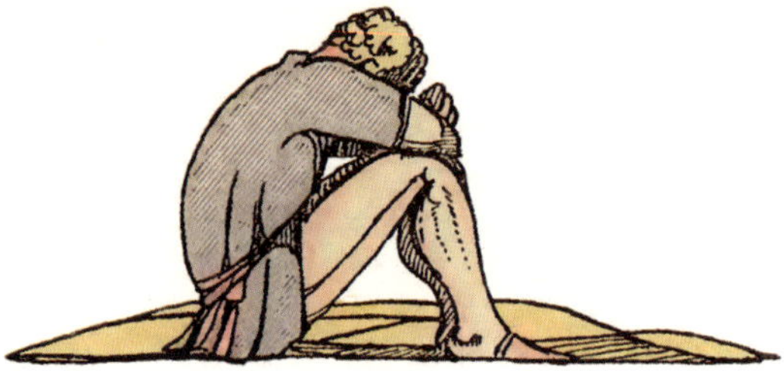

当幸运豆荚再次站起身来，发现整个平原的景象都发生了变化。远远的地平线上是一片或明或暗的绿色，风吹其上，龙骨状长着翅膀的白色花朵翻滚如浪。这边泛着紫罗兰色的花朵像黄豆花，那边泛着玫瑰色的花朵像豌豆花，而当风吹着它们混杂到一起，它们比那些最美丽的花园里的花朵还要可爱。

幸运豆荚纵身向前，他认出了一切——那扩大的土地，那修缮过的小屋，还有他的父母还活着，正急切地用老迈的腿脚加速向他奔来，他们告诉他，他走后不到一天的晚上他们就收到了关于他的消息，正是这个好消

息让他们振奋，对他的归来满怀期待，也正是这期待支撑着他们活到今天。

幸运豆荚深情地拥抱了他们。一边一个拥着他们走向自己的宫殿，他们越是走近就越是感到惊奇。幸运豆荚不想使他们的快乐蒙上阴影，但他还是忍不住说："可惜你们没有见过豌豆公主。但是六年前她就结婚了。"

"是和你结婚，"一个温柔的声音传来，豌豆公主忽然出现，推开了大铁门，"那时我就做出了选择，你还记得吗？"她继续说，"请进。"她吻了吻这对老夫妇，而他们简直不能够把目光从她身上移开，因为她也长大了六岁，现在十六岁了。"请进来吧，这就是你儿子的家。

它存在于梦想与精神之境，在这里，人们既不会变老，也不会死去。”

对这些可怜的人来说，再也没有比这更好的消息来欢迎他们了。

他们举行了与他们大人物的身份相匹配的超级盛大的婚礼庆典，他们的生活从此成为爱、稳定与幸福的完美典范。

这正是所有好的童话故事所惯有的幸福结尾。

樵夫的狗

在一片算得上风景名胜的森林里，离勒高培利埃村不远，靠近圣马修教堂的水井旁，住着一个善良的樵夫，他的名字叫布里斯切特，也常被人称为带斧头的男人。

他和他的妻子布里斯奎特，靠他打柴卖钱勉强度日。他们有两个聪明可爱的孩子——儿子比斯克廷七岁，黝黑健康；女儿碧斯柯婷妮六岁，美丽活泼。此外，他们还有一只卷毛狗，它整个身体毛色乌黑，除了鼻子红得像火。他们叫它伯尼。

我们都知道，在大雪纷飞的季节，森林里就会有野狼密集出没。那一年雪下得很大，穷人们的日子举步维艰，可怕的贫困席卷了整个村子。

布里斯切特干活从不偷懒，多亏了那把好斧头，他从来不怕野狼。一个早晨，他对妻子说：“在我回家之前，千万不要让孩子们在外面乱跑，那样很危险。池塘和土丘之间的地方已经足够他们玩耍了，我还在水边设了隔离桩，防止他们发生意外。也千万别让伯尼出去，它总喜欢在外面游荡。”

此后的每个早晨，他都会叮嘱妻子同样的话。

一天晚上，布里斯切特没有像往常那样准时回家。布里斯奎特在家门口走来走去，不安地绞着双手，嘴里

念叨着："哎呀，哎呀，他怎么这么晚还没回来！"接着她冲出大门，大声呼喊："布里斯切特！布里斯切特！"

伯尼一跃而起，跳到她的肩膀那么高，仿佛在问："要我出去吗？"

"别吵！"布里斯奎特呵斥它。

接着，她又对孩子们说："听着，比斯克廷，跑到那个土丘最高的地方，看看你爸爸回来没有。还有你，碧斯柯婷妮，沿着池塘边去找，要小心，有些地方的隔离桩坏掉了。"接着她又大声呼喊："布里斯切特！布里斯切特！"同时呵斥道："别吵，伯尼！"

孩子们走呀走，在池塘与土丘交汇的地方他们碰到了一起，比斯克廷激动地叫道："我要找到爸爸，我一定会找到爸爸，否则野狼们会吃了我的！"

"它们也会吃了我的！"碧斯柯婷妮嚷道。

就在这时，比利斯切特走另一条大路回家了，这条大路经过摩缇修道院的交叉口，在那里他要放下一捆柴给吉恩先生家。

"你看到孩子们了吗？"比利斯奎特问。

"孩子！"比利斯切特叫起来，"孩子！哦，天哪，他们跑出去了吗？"

“我让他们沿着土丘和池塘去找你，可是你从另一条路回来了。”

布里斯切特抓起他的斧头，箭一般冲向土丘。

“你不带伯尼一起去吗？”妻子在他的身后喊道。

但是伯尼早已远远地跑在前头了，很快比利斯切特就看不到它的身影了。

他徒劳地喊着：“比斯克廷！碧斯柯婷妮！”没有回应。

于是他放声大哭，相信孩子们一定是走丢了。

他又走了好多路，这时好像听到了伯尼的叫声。他高高挥舞着斧头，顺着声音的方向穿过丛林。

这时，他看到一只巨大的野狼正扑向孩子们——在这千钧一发之际，伯尼赶到了，冲过去挡在了孩子们前面，同时大声吠叫通知布里斯切特。

樵夫一斧头就结果了野狼的性命，但是太晚了，伯尼已经死了。

布里斯切特带着孩子们回家了，一家人都很庆幸。但是看着死去的伯尼，他们都哭了。

在小花园的一角，布里斯切特埋葬了伯尼。在它的墓碑上，校长用拉丁文写着：

“布里斯切特家的忠犬伯尼，长眠于此。”

从那时候起，我们就有了这句谚语：“像布里斯切特家的狗一样倒霉，一走进林子就被狼吃了。”

大作家小童书

1. 小狗栗丹 〔俄〕契诃夫
2. 奥德赛 〔英〕查尔斯·兰姆
3. 写给孩子们的故事 〔美〕E.E. 肯明斯
4. 写给女儿的故事 〔法〕尤内斯库
5. 夜晚的秘密 〔法〕米歇尔·图尼埃
6. 画家王福历险记 〔法〕玛格丽特·尤瑟纳尔
7. 种树的人 〔法〕让·吉奥诺
8. 难解的算数题 〔法〕马塞尔·埃梅
9. 西顿动物故事 〔加〕西顿
10. 列那狐的故事 〔法〕吉罗夫人
11. 神奇故事集 〔美〕霍桑
12. 古怪故事集 〔美〕霍桑
13. 莎士比亚戏剧故事集 〔英〕查尔斯·兰姆 玛丽·兰姆
14. 普拉斯童话童谣集 〔美〕西尔维娅·普拉斯
15. 猫咪躲高高 〔法〕马歇尔·埃梅
16. 十三座钟 〔美〕詹姆斯·瑟伯
17. 九月公主与夜莺 〔英〕威廉·萨默塞特·毛姆
18. 简的小毯子 〔美〕阿瑟·米勒

19. 伊塔马历险记　〔以色列〕大卫·格罗斯曼

20. 鲁蒂想赖床　〔以色列〕大卫·格罗斯曼

21. 晚安，长颈鹿　〔以色列〕大卫·格罗斯曼

22. 世界是圆的　〔美〕格特鲁德·斯泰因

23. 鲁特伯格故事　〔美〕卡尔·桑德堡

24. 彩绘本堂吉诃德　〔西〕塞万提斯

25. 英雄艾凡赫　〔英〕华特·司各特

26. 幸运豆荚的奇幻旅行　〔法〕夏尔·诺迪埃